Bernat Cussó

SIMBA, EL LLUÍN

Dibujos de Anna Clariana

Yo soy Simba, un cachorro de león.
Vivo en la sabana,
justo en medio de África.

2

YO SOY SIMBA, UN CACHORRO DE LEÓN.
VIVO EN LA SABANA,
JUSTO EN MEDIO DE ÁFRICA.

Me paso el día jugando
con los otros leoncitos.
Nos divertimos mucho haciendo el tonto.
No paramos de saltar,
correr y hacer el animal.

4

ME PASO EL DÍA JUGANDO
CON LOS OTROS LEONCITOS.
NOS DIVERTIMOS MUCHO HACIENDO EL TONTO.
NO PARAMOS DE SALTAR,
CORRER Y HACER EL ANIMAL.

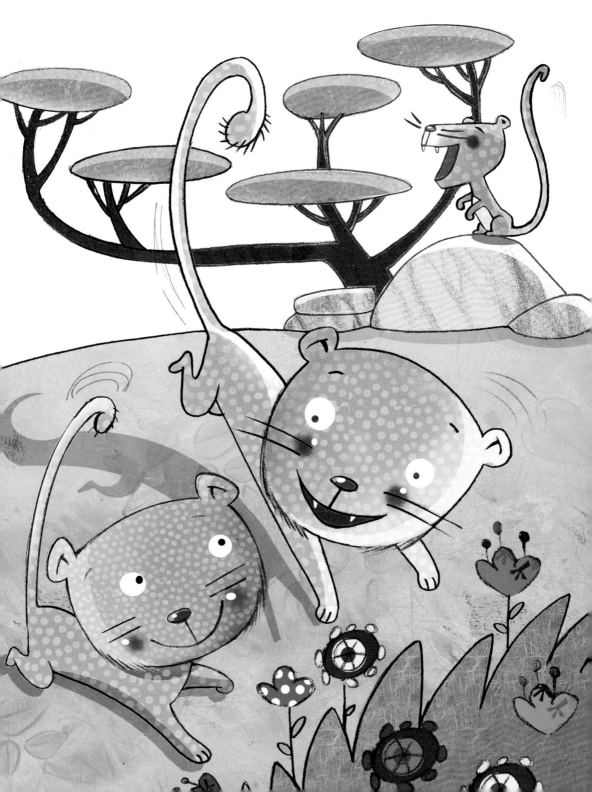

Pero, de vez en cuando,
me escapo de la pandilla
para irme de excursión
y poder ver el montón de animales
que nos rodean.

6

PERO, DE VEZ EN CUANDO,
ME ESCAPO DE LA PANDILLA
PARA IRME DE EXCURSIÓN
Y PODER VER EL MONTÓN DE ANIMALES
QUE NOS RODEAN.

Mamá me dice
que soy un poco travieso,
pero no lo puedo evitar.

8

MAMÁ ME DICE
QUE SOY UN POCO TRAVIESO,
PERO NO LO PUEDO EVITAR.

No es muy difícil ver cebras,
con sus rayas negras y blancas,
y jirafas, con sus cuellos
tan largos como un día sin pan.

NO ES MUY DIFÍCIL VER CEBRAS,
CON SUS RAYAS NEGRAS Y BLANCAS,
Y JIRAFAS, CON SUS CUELLOS
TAN LARGOS COMO UN DÍA SIN PAN.

Pero los más divertidos son los monos,
que siempre van arriba y abajo
muy alborotados,
y las hienas,
que no sé qué les hará tanta gracia,
pero siempre se están riendo.

PERO LOS MÁS DIVERTIDOS SON LOS MONOS,
QUE SIEMPRE VAN ARRIBA Y ABAJO
MUY ALBOROTADOS,
Y LAS HIENAS,
QUE NO SÉ QUÉ LES HARÁ TANTA GRACIA,
PERO SIEMPRE SE ESTÁN RIENDO.

Hace un par de semanas,
escondido detrás de unos matorrales,
observé una cosa
que nunca había visto.

14

HACE UN PAR DE SEMANAS,
ESCONDIDO DETRÁS DE UNOS MATORRALES,
OBSERVÉ UNA COSA
QUE NUNCA HABÍA VISTO.

¡Parecía un animal
tan grande como un elefante
y tan fuerte como un rinoceronte,
que se movía tan rápido como un leopardo!
¿Te imaginas lo que era?

¡PARECÍA UN ANIMAL
TAN GRANDE COMO UN ELEFANTE
Y TAN FUERTE COMO UN RINOCERONTE,
QUE SE MOVÍA TAN RÁPIDO COMO UN LEOPARDO!
¿TE IMAGINAS LO QUE ERA?

De repente, lo entendí.
–¡Ah, claro! Debe ser aquello
con lo que mamá siempre me dice
que tenga cuidado:
un coche para hacer safaris.

18

DE REPENTE, LO ENTENDÍ.
–¡AH, CLARO! DEBE SER AQUELLO
CON LO QUE MAMÁ SIEMPRE ME DICE
QUE TENGA CUIDADO:
UN COCHE PARA HACER SAFARIS.

—¡Los otros leoncitos no se van a creer
que por fin he visto uno! —dije, orgulloso.

—¡LOS OTROS LEONCITOS NO SE VAN A CREER
QUE POR FIN HE VISTO UNO! —DIJE, ORGULLOSO.

De modo que, con la ilusión
del que ve por primera vez
el mundo a través de un agujero,
volví con los míos,
más contento que unas pascuas.

DE MODO QUE, CON LA ILUSIÓN
DEL QUE VE POR PRIMERA VEZ
EL MUNDO A TRAVÉS DE UN AGUJERO,
VOLVÍ CON LOS MÍOS,
MÁS CONTENTO QUE UNAS PASCUAS.

YO, SIMBA, TUVE CUIDADO CON EL COCHE DE SAFARIS PORQUE ME LO DIJO MAMÁ. Y TÚ, ¿LE HACES CASO?

© Bernat Cussó i Grau, 2012

© Ilustraciones: Anna Clariana i Muntada 2012

© Editorial el Pirata, 2020
   La Costa, 74
   08023 - Barcelona

ISBN: 978-84-17210-25-0
Depósito Legal: B 8298-2020

1ª edición: mayo 2020